前線

犬養楓
Kaede Inukai

前線＊目次

装幀　成原亜美（成原デザイン事務所）

前線

犬養楓

現場

病棟に展開したる前線の向こう側へと常に降る雨

息継ぎの時と場所とを探しつつ泳ぎ切らねばならぬ一日

六床のベッドに向けて放射線流鏑馬のように突き抜けていく

致命的事態となれば耳を刺す一オクターブ違うアラーム

昼からは受験のごとく飯を食べ刑期のように持ち場に戻る

緊張の顔を見せれば伝わってしまうと言われどうしたらいい

汗かいて学んだことは身になると師長挨拶不動にて聞く

対応が人と人とで違うから回る現場が回らなくなる

文句言う先がなければゴミ箱に黙って手袋深く沈める

大丈夫　根拠不明のこの言葉ベッドサイドに多く重なる

夜勤後に気遣う母のＬＩＮＥあり　地球半周遅れて返す

「一日に何度もシャワーを浴びるから私は髪を短く切った」

固まってほぐれなくなり使い捨てカイロのように役目が終わる
使命感で続けられる強さなく　皆辞めないから辞めないでいる

少しずつ枕詞を変えながら「我慢の連休」「勝負の三週」

終わらないパンデミックはありません　犠牲の数さえ度外視すれば

一億年前からそうと決まっていた進化を遅らすための協定

マラソンと同じさ　遙かゴールまで次の電柱目指して走る

赤い人質

求めれば与えられたるこれまでの医療資源を問い直すとき

街に降る雪は幻　綺麗でも広告会社の手の込んだ嘘

変わりゆく街を背にして変わらない信号を待つ影たちの群れ

一の目が二つあるようなサイコロを振らされている木曜である

人前でもう咳出来ぬ世界から息するたびに魂逃がす

社会的正義をかざして傷つける心の距離まで離すな友よ

マスクでも感謝でもなくお金でもないただ普通の日常が欲し

世の中も体と同じ真っ先に弱き所に痛み現る

白い夜燃ゆる命に音もなく別の命で蓋をするよう

検診で体重落ちた医療人コロナ太りに比する言葉は

閉店が十時になったコンビニが我の帰宅の時間を決める

院内の近き職場で出た陽性　濃厚接触ぎりぎりかわす

同僚の鼻を拭った綿棒がこの病院の命運決める

感染者最多でなければニュースでは天気予報のような扱い

回復後マスク付けずに密となりニューノーマルを謳う人あり

解放を約束せよと群をなすサーモグラフの赤い人質

コロナ後の世界に咲かす芽のあれば　今はその芽を温めておけ

令和元年　十二月

僅かなる違いの中を暮らしつつ同じではない毎日を生き

正解はあるようでない宴会の二時間半を忌むように笑む

黒字化を維持できておりこの冬のボーナスアップの知らせが届く

財源は誰かの痛みの分でありそれを癒した対価でもある

人のなき病室のなか風運び光の粒が積もるような日

五輪まで二百を切った日の朝に届いた未知の病の知らせ

長江の流れに興《お》きし文明の時を止めたり一日にして

三千の軋む船旅　ウイルスと共存排除を選ぶ水先案内《みずさき》

延期後も送別会は開かれず内科部長の定年退職

この院と共に歩んだ二十年と題してメール送られてくる

研修後もほとんどが残る当院で都会へ行くと言い出した我

マフラーのいらない夜の遊歩道　遠く武漢の雪を思えり

まだ家具の届かぬ部屋で正座して経を読むように YouTube 見る

駅前のセブンか角のローソンかどちらが近いかグーグルに聞く

初めての路線バスなら乗って来る人々は皆常連に見え

窓際に添えた右手に降る光暖かいバスは春の始まり

餞別の代わりとなりし三分の動画をスマホで繰り返し見る

テロップが少しずれてる後半のＢＧＭは好きだった曲

増築の多き院内後輩に最短ルートを教わっておく

院内のｅラーニングで皆学ぶ訴訟に負けぬカルテ記載を

胆汁のごとき匂いと色をしてカンファレンスで冷めた珈琲

医学書を詰めて送った段ボール底を静かに破壊していく

第一波

速報は日々北上す前線の最多最多と桜のごとく

センバツを見にデイルームに来る人も多くいたはず去年の春は

かき混ぜる人の流れの無きように首都に求める外出自粛

この国の「いってきます」と「おかえり」を奪って流行るコロナウイルス

更新の続くマニュアル確かめる昨日のＹＥＳは今日もＹＥＳか

頻繁にアップデートを求められ生身の体を再起動する

例えれば清潔汚染の境界はデザート売り場の保冷カーテン

八階の感染病棟過ぎる時エレベーターの気になる摩擦

ア行から感染棟に派遣され自分の姓を少し憎めり

検体に付ける手書きのＣの文字　曲面に書くＣは難し

病院へ近づくほどに重力を足に感じて宙を見上げる

今年ほど悲しく散った桜なし　出会う季節を彩れぬまま

誰《た》がためになると信じて作られたフェイスシールド使って捨てる

前線は押し下げられて今朝もまた汚染区域が徐々に広がる

厳禁の多くなりたる院内の直角に近い動線に沿う

望むこと言えぬ空気の悪さありマスクの中で息が篭れり

送られたエールと同時に拒絶感　宛先不明の強い違和感

世の中の風当たりにも耐えるよう防護ガウンを今日も着込んで

今日もまた言葉の一つを飲み込んで隙間だらけのテトリスを組む

これよりも内に入らせぬように周りに引きたいゾーニングの線

「ストックのなくなり次第防護服ビニール袋に切り替わります」

折り目すらなくなるほどにマスク着け翌々日の配給を待つ

県越える祖父の葬儀の参列を自粛するなり医療者として

禍危機脅威苦難困難芯のある強さにも見え「希望」もカ行

肺炎は陸で溺れる感覚と両生類より進化の代償

運命を悟ったように頷いて挿管チューブのために髭剃る

病床で交わした契りその中に破るしかない約束がある

肺葉がしぼまぬように呼吸器の設定変えて夜を迎える

悪夢より覚めても悪夢　膜型の人工肺につながれた今日

望まない救命はないが望まない延命はある集中治療

デジタルの時刻表示をちらり見て死亡宣告本人へする

モニターの音は消されて午前二時冷えたガラスを叩く五月雨

鼻腔より死後処置液を入れられて業者専用出口より出る

昼が来て夜が来てまた昼が来て看護師はこれを一日と呼ぶ

人類がサーモグラフの目を持てば肌や人種は区別されない

子供らが軽症で済むこの病　神がかけたる唯一の情け

第一波の総括せよと言う矢先　続く二波へと備えよと言う

第二波

昼休みほどの短き休暇終え戦線迫る二つ目の波

面会を禁じられたる病棟に静かに響く機器のアラーム

医師用の保険に入れよ世の中は何があるかはわからんからな

朝飯は食べてきたんか防護服三時過ぎまで脱げへんからな

獣医なら殺処分するための服こちらと向こうを行き来する我

若ければ悪化しないと公平なはずの業務に偏りがでる

咽頭をぐいと拭った綿棒に百万人の死の炎《ほむら》見ゆ

何回も集合しては離散して長短針の踊る盤上

一日はかくも長きか口と皮膚覆われ今は肩で息する

発熱を受け入れましたと救急外来《きゅうがい》に伝える時の声のかそけさ

「わかります？ここがどこだかわかります？」「私は何をする人でしょう」

発熱と意識障害頻呼吸　病院嫌いで通院せずと

どうしても来たくなかった一週間　病院嫌いは我も同じく

若き医師の説明ならば一言も逃さぬようにと録音されし

汗よりも落としておきたいもの多く院内シャワーの空きを待つ列

美容師に職を聞かれて我今は「老人ホームに薬売る人」

薫風の鼻に抜けざるこの夏の麦わら帽子とマスクにて立つ

密ほどに美しく咲く花火見て今年の夏には二度と戻らぬ

東京に今はいましょう故郷は東京があるから故郷になる

首里城の傷癒えぬ島に東京を朱く染めたるウイルスが来る

口元が露わになれば恥ずかしくいつの間にやらマスクは下着

防護服　背中の隙間を覆うのも慣れてくるなり夏が終わりて

コロナ禍にテレビに映る俵万智　祖母が遺した『サラダ記念日』

アマゾンで『未来のサイズ』を買う土曜　新鮮なまま開く日曜

第二波の予感を詠う歌ありて我は続いて第三波詠む

離れると母は息子を詠み易し息子は母を詠み難くなる

生検をしたと父よりＬＩＮＥ来るステイホームのホームは何処

仮眠前棚より探す最新の「前立腺癌治療方針」

カップ麺に湯を入れPHS《ピッチ》で蓋をして呼ばれないようまじないをする

当直が終われば都会は朝となる低き空の街を背にして

人降りし夜

サイレンは静かな月に反射して水平線から波連れてくる

吐瀉物で固まりし髪を掻き分けて最後の呼吸を止めて挿管

付けまつげ赤きネイルは剝がされてサンダルとともに母に返され

許されて母持ち込みしヘッドホン少女の最後の孔が塞がる

明日君が君でいることの条件は記憶の保持と意識の保定
丁寧に乾かされたるこの髪も揺れたりしない風のない部屋

芸術に救われた人と同じだけ命捧げた若者がいる
同乗のなき救急車でひたすらに息子の名前を呼んでいた人

二年前ドロップアウトをしています　診療記録に理由書かれず

「家の中足の踏み場のない状態」救急隊より申し送られ

二症例高所墜落入院と当直日誌に打ち込んでおく

急変のコールで口に入れた分以外を残して冷める弁当

始まった心肺蘇生の処置中も別の患者が運ばれてくる

医療者は泣いてはならぬ悲しみの際《きわ》に寄り添うためにいるから

二時間後空いたベッドに滑り込む命を懸けた椅子取りゲーム

一日は基本四食　真夜中に人の不幸で飯を食ってる

現場より生命兆候なき人で不搬送なる一報入りし

パトカーを降りて検死に臨むとき白衣の袖を二度折り返す

シャッターの音で遺体を切り取って検視官持つ黒き一眼

必要に迫られ買った歯ブラシの悲しみに似た深く濃い青

名も知らぬ人の不幸を名も知らぬ誰かのせいにしておきたくて

ひかりとかげと

あなたのは人の咳とは違うから　やんわりとした距離を取られる

中吊りの広告ばかり明るくて乗客は皆深く黙せり

窓越しの水面に映る街灯の光数えて家に近づく

家着けば今日の続きがある人と今日の終わりを待つだけの人

１５０グラムの機器に起こされて残量１００の今日が始まる

寄付により国から貰った慰労金　今日のスタバをグランデにする

なんとなく特別な日にしたくってスタバの角の席を譲らず

問題を解く学生の傍らで採点結果のつかぬ毎日

質問と答えAからEまでを自分で作り自分で選ぶ

本命に賭けたときほど慕るような不安楽しむ実力がほし

少しだけ日当たり悪いという部屋を好んで借りた西の三階

雨の音聞いて起きれば日曜の予定を変える独り身の朝

話さえしたくない日もこのアプリほかの誰かと繋がりたがる

葉脈に沿って流れる雨のように予定調和を好む夕暮れ

カタカナの店員ならば強盗に遭いにくそうな夜のコンビニ

コンビニで「温めますか」一日の最初で最後のコミュニケーション

取り組めることがあるのは幸せと温め直したスープを啜る

我のこと何とも思わぬ人のこと想うだけでも暮れていく夜

第三波

西棟でコールがあれば東より連絡通路を揺らす足音

赤信号点灯しても止まらないゴールテープのない持久走

週末も途切れぬ勤務日曜の晴れたる青き空を憎めり

仕事もう行きたくないと笑いあう友がいるから玄関を出る

第三波までが一波かもしれず変異を待ちて寄生する敵

毎日の死者数よりも意味を持つＩＣＵを生きて出た人

増えていく感染者に比し減っていく創作時間と残りのベッド

「どうしても無理なら他をあたります」受け入れ要請二件を拒む

いくらでも下げる頭はあるけれど人手とベッドの両方がない

呼吸器をつけませんか　つけますか　レジ袋はもう有料です

ご家族はここまでですと前室の四畳の中を占める熱量

Ｂ４のケースに収まる医師免許　人の血肉を分かつ一枚

体液に染まらないよう一面に吸水シーツを巡らせておく

声優の顔して話す電話越し悪い知らせと前置きしつつ

先生の言葉信じるしかないと言われて数秒受話器置く音

心拍数四十以下にて医師コール／家族連絡と指示記載する

絶望を薄く匂わすオピオイド《麻薬性鎮痛薬》　終の呼吸も管理下にある

誰しもが等しく迎える一日の長さは同じ重さは違う

医師という人の数だけ忘れえぬ死のハイライトがあると言われる

感染に対応できる葬儀屋の一覧渡す家族揃えば

現実が攻め込んでくる夜だからハーフタイムを終えないでおく

黒髪の渦を巻きたるリネン類看護助手らは無言で替える

院内の急変用に空けられたＩＣＵの端の一床

移乗する前のシーツはセリフ無き台本の如く白すぎる白

ラリルレの着信音に囲まれてハ行ばかりのため息がでる

何もかもシェアする時代の終末にふたりでひとつの人工呼吸器

アクリルの交わるところに映り込む色を欲しがる三角の影

前医から後医に患者を渡すとき命の重さが少し膨らむ

手術《オペ》できる医者は残しておくように　病院幹部の静かな打算

見るたびに電子カルテの右上の大きさを増す「退院促進」

これもまた時代のせいと金曜にボーナスカットの知らせが届く

使命感持ち続けよという使命（たとえ無給でも働けるはず）

責任と自覚は持つが使命まで負えぬ燃え尽きやすくなるから

重症者多く減る日の特徴は決まって朝の寒さ厳しく

逝きて後ＰＣＲの結果出て今年の冬に人は二度死ぬ

人間の沙汰の多くは無駄だろう　ただ存在は無意味ではない

落ち着いた後の世には記念館大阪コロナ重症センター

ただ仕事するだけの顔にモザイクがいまだに掛かることを恥ずべき

ロッカーに満ちたる西日は解放と孤独な夜の始まりを告げ

この波を越えたら出そうと退職の書類が三度眠る引き出し

「し」と打てば「新型」と出る電カルの予測を超えて「信じる」と打つ

新しい年

初志掲げ怒り刻んだ院庭の欅の幹に収束を聞く

コロナ後の世界をしっかり見ておけと喪中はがきが送られてくる

夢守るサンタに免疫あるらしく守られなかった社会的距離

聖夜まで残る息切れトナカイを降りればサンタは鈍足だろう

一年の仕事納めの日に聞いた感染病床増床の令

血を多く見た夜だから紅組が何となく勝つような気がして

年越しを迎える前に防護服五分だけでも脱いで待ちたい

長針は重なり変わらぬ一日と特別だった一年が過ぐ

年越しを待って増えだす救急車新しい年がサイレンで開く

参拝に来る人達は神頼み来ぬ人たちは人頼みする

アフターかウィズのままかを問われても答えの出ない二十一年

人と会うことのなき日々その日々が私と誰かのためになるから

これからも一度一度と立ち止まり宣言しながら前へと進む

休日に都心へ向かう人が乗る相互監視が効いた快速

会わぬことの言い訳立った一年が会う理由さえ曖昧にして

一年も我慢の続かぬ人類が持続可能な社会を目指す

いにしえに用途不明な透明な物のあふれる文明があり

解放

見えている血管ほどに難しい浅く皮下まで進む針先

ドプラムやリスペリドン東欧の作曲家の如き処方箋出す

病棟がそれぞれに持つ不文律　たとえばルートの止め方ひとつ

決められた内容よりも重視する誰が決めたか誰と決めたか

ご迷惑をお掛けしますと愛し子を身籠り看護師潔く去る

メス置けば励ますことが救急の医師の仕事の八割である

栄養と呼吸器にだけ繋がれて引き分けのない審判を待つ

呼吸器を外せばすなわちこの世とは一つの大きな肺胞である

何人も看取ったような顔をして最期の診察堂々とする

聞こえない音を聞くための聴診器　触れない脈のための指先

枯らされて絶命したる人間は水を欲しがる顔をしている

いつどんな医者がいるかはタイミングたまたまその日は木曜だった

たくさんの「もしも」があれば助かっていたかもしれぬ人を見送る

いつまでも読み終えられず仮眠室の「ゴルゴ13」は開き癖あり

上手くとも要領よくとも思わないただ丁寧に生きていきたい

寄り道をした分軽くなる体　蜃気楼へと向かう重心

呼び出され　防火遮光のカーテンに守られ眠る午睡の後に

何時かもわからぬままに支度して逆再生で同じ服着る

タクシーの窓で都会を切り取って私のいない夜を見ている

あとがき

前線とは大まかにいえば、二つの異なるものが接触したときに生じる不連続面を指す。

桜前線、梅雨前線、寒冷前線など気象学的な用語に親しいが、最前線という言葉もある。

「最前線で働く」という言葉は、仕事をしていれば誰しも当てはまることだとは思うが、今日の新型コロナウイルス感染症に関わる状況においては、「最前線で働く」とは「命を懸けて働く」と同義に捉えられているようだ。

医師、看護師を始めとする救急医療の従事者は、もとより目の前の命に「命を懸けて」仕事をしている人間である。ほんのわずかな可能性に掛けて、連日手術を行う場合もあれば、これ以上の治療は無意味であることを何時間もかけて家族に説明することもある。特に救急医療の現場ではそのような「救える」「救えない」の不連続面はいつも目の前に存在する。

医療とは常に不確実であり、その治療や診断は不連続である。社会や経済の流れが変わっていくなかで自粛と外出、責任と無責任、応援と差別もまた不連続である。緊急事態宣言が連発され、本来の非日常が日常化していく中で、言葉が持つ力が次第に弱まっていくことを危惧している。しかし映像では伝わらない出来事や、声にならない声を言葉にすることが、現在の第三波まで続く不連続な局面を打開する希望になると信じている。

そしてまた、その不確実さや不連続な状況にもまれながら、医療従事者が目の前の出来事に、どう向き合ってきたかをこの禍が過ぎ去ったあとにも残しておきたいと思い、歌を詠んだ次第である。

■著者略歴

犬養楓（いぬかい・かえで）

1986年愛知県生まれ。
18歳より短歌を始める。
現在、救急科専門医として救命救急センターに勤務。
2019年「令和万葉集」をインターネット上で発表。
cakesクリエイターコンテスト2020佳作。
第63回短歌研究新人賞候補。

note:tanka2020
twitter:@tanka2020

前線

二〇二一年二月七日　第一刷発行
二〇二一年六月十日　第二刷発行

著　者　犬養楓
発行者　田島安江
発行所　株式会社 書肆侃侃房（しょしかんかんぼう）
〒八一〇-〇〇四一
福岡市中央区大名二-八-十八-五〇一
TEL：〇九二-七三五-二八〇二
FAX：〇九二-七三五-二七九二
http://www.kankanbou.com info@kankanbou.com

DTP　黒木留実
印刷・製本　モリモト印刷株式会社

ISBN978-4-86385-448-2 C0092